Het geheim van de vleermuisjager

Wil jij GEHEIM-nieuws ontvangen? www.geheimvan.nl

Els Ruiters

Het geheim
van de vleermuisjager

Met tekeningen van Saskia Halfmouw

LEOPOLD / AMSTERDAM

Wil je meer weten over de boeken van Els Ruiters?
www.elsruit ers.nl

de Bibliotheek

Breda

NEDERLANDSE
KINDERJURY
2007

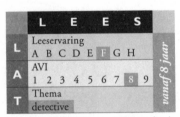

L	E	E	S	
L	Leeservaring A B C D E F G H			*vanaf 8 jaar*
A	AVI 1 2 3 4 5 6 7 8 9			
T	Thema detective			

Toegekend door KPC Groep te 's-Hertogenbosch.

Eerste druk 2006

© 2006 tekst: Els Ruiters

© Omslag en illustraties: Saskia Halfmouw

Omslagontwerp: Rob Galema

Uitgeverij Leopold, Amsterdam, www. leopold.nl

ISBN 90 258 5041 3 / NUR 282

Inhoud

Hou je van vampierfilms?

'Ik heb over twee weken spreekbeurt en ik weet niet nog steeds niet waar ik het over moet doen,' zegt Karim. Jochem en Marloes lopen naast hem. Ze zijn op weg naar Kelly, die ze altijd ophalen als ze naar school gaan.

'Iets makkelijks. Over je hobby of zo,' zegt Marloes.

'Nee, dat kan niet. Ik heb de vorige keer al een spreekbeurt over mijn gitaar gehouden. Twee keer hetzelfde mag niet.'

'Dan doe je het over Turkije,' stelt Jochem voor.

Karim schudt zijn hoofd. Dat zijn opa en oma daar vandaan komen, wil niet zeggen dat hij opeens de deskundige is.

'Iets over dieren, dat is nooit zo moeilijk,' zegt Marloes.

Karim knikt bedachtzaam en vraagt zich hardop af over welke dieren het kan gaan.

'Je moet een speciale soort uitkiezen.' Marloes knikt naar een groepje jongens dat voorbij fietst. 'Zoals die kwallen daar...'

'Of ezels. Komen ook veel voor op school,' vult Jochem jolig aan.

'Of boekenwurmen,' grijnst Karim.

Ze stoppen bij het huis van Kelly en lopen over het tuinpaadje naar de voordeur. Marloes drukt op de bel. Tien tellen later zwaait de deur open en stapt Kelly naar buiten.

Meteen duikt Marloes in haar tas en haalt er iets voor
Kelly uit.

'Hoi, Marloes. Wat heb je daar?'

'Ha, Kel. Cadeautje.' Marloes lacht en houdt een Cos-
mogirl omhoog. 'Gekregen, van mijn nichtje. Kijk eens
op bladzijde 36...'

Kelly rukt het tijdschrift bijna uit haar handen en bladert totdat ze vindt wat Marloes bedoelt. Ze slaakt een
verrukte gil.

'Aaaah! Een heel stuk over Brad Pitt. Hij is zoooo knap!
Vind je ook niet?'

'Ach, je moet ervan houden,' mompelt Marloes. Brad
Pitt. Die is al kei-oud!

'Hoi boys, hebben jullie dit gezien?' zegt Kelly. 'Zulke coole plaatjes van Brad Pitt!'

Karim en Jochem kijken elkaar aan en rollen met hun ogen. 'Meiden...!'

Kelly hoort niets of doet net alsof. Ze kletst honderduit over haar held tegen iedereen die het wil horen... en ook tegen iedereen die daar geen behoefte aan heeft.

'Gelukkig,' zegt Marloes met een lachje, 'Jochem is de klos.'

'Was dat wel zo'n goed idee?' zegt Karim zuchtend tegen Marloes. 'Had je dat niet beter ná school kunnen doen? Nou gaat het alleen nog maar over Pitmans.'

Marloes grinnikt en haalt haar schouders op. Ze vindt Brad Pitt niet veel soeps, maar Kelly heeft haar agenda helemaal volgeplakt met plaatjes van de Amerikaanse filmster. Af en toe bewaart Marloes ook wel eens iets voor haar.

'Hij is knap, hè?' hoort ze Kelly dromerig zeggen.

'Hij is een ouwe knar,' fluistert Marloes tegen Karim die meteen breed grijnst.

'Er stond ook al een heel stuk over hem in de tv-gids. Ik heb alles uitgeknipt!'

'Dat heb ik ook gezien!' Karim knikt. 'Morgen komt er een film over vampiers op tv en daar doet Brad Pitt ook in mee,' weet hij. '*Interview with the Vampire.*'

Marloes heeft er nog nooit van gehoord. Zeker een oude film.

'Die ken ik niet,' zegt ze.

'Maar ik wel!' roept Jochem. 'Da's een goeie film, man! Die hebben wij thuis op dvd.'

Karim is een beetje verbaasd. Hij heeft wel gezien dat die film komt, maar hij mag hem van zijn ouders niet zien.

'Gaat dat écht over vampiers? Dat had ik niet gezien.' zegt Kelly. Ze trekt een lelijk gezicht. 'Wat je maar leuk vindt.'

'Brad doet er toch in mee?' zegt Marloes. 'Dan moet het voor jou toch ge-wel-dig zijn?'

Jochem antwoordt voordat Kelly het kan doen. 'O, Brad! Wat heb je toch een fantástische hoektanden. Zo láng en puntig...!' kweelt hij. Marloes moet lachen.

Karim kijkt naar Marloes. Ze prutst aan de sluiting van haar tas, die steeds openschiet. Hij is op Marloes. Maar dat weet natuurlijk niemand, het is zijn geheim.

'Hou jij van vampierfilms, Marloes?' vraagt hij.

Ze kijkt op en rond haar neus verschijnen rimpeltjes als ze afkeurend haar hoofd schudt.

'Nee, bah. Ik vind dat zulke stomme verhalen. Van die bloeddrinkende monsters en allemaal van dat soort onzin.'

'Het is toch niet écht!' roept Jochem uit. 'Het is alleen maar een verzinsel, hoor. Juist vet: bloed moeten drinken om in leven te blijven.'

'Volgens mij bestaan vampiers wel echt,' zegt Karim twijfelend, 'zijn het een soort vleermuizen of vliegende honden of zo.'

'O cool! Zou je zo'n vliegende hond kunnen africhten? Fikkie, bijt!' roept Jochem plagerig en maakt hap-bewegingen naar Kelly. Die trekt haar neus op.

'Echt weer iets voor jongens, om zoiets leuk te vinden,' zegt Kelly.

Karim is verbaasd dat ze dat zegt. Brad Pitt doet er toch in mee? Die vindt ze toch geweldig?

Jochem ziet het hele vampiergedoe blijkbaar al voor zich. Hij spreidt zijn armen en begint vliegbewegingen te maken.

'Ik ben Joachiem, de Vliegende Vampierhond. Kom bij me, dan zal ik mijn tanden in je nek zetten!' Hij springt eerst naar Kelly, die hem een duw geeft, en dan danst hij om Marloes heen.

'Ja hoor, meneer de vampier,' zegt ze kalm.

'Ik heb bloed nodig om te overleven. Ik ben niet zomaar een jongen, ik ben een eeuwenoude vampier!' sist Jochem dramatisch. Hij klemt zich aan Marloes vast. Karim begint te grinniken als Jochem haar hand pakt en aan haar pols snuffelt.

'Aaah, de geur van vers bloed. Wat wordt het? Word je mijn assistent of mijn slachtoffer?'

Marloes slaat rustig haar armen over elkaar.

'Er is iets mis met je neus. Dat is zeep, wat je ruikt.'

'Ik vraag het je nog één keer, voordat ik je moet dwingen - laat me slurpen van de warmte van je bloed! Ik ben Joachiem de Vliegende Vampierhond!'

Om Marloes' mond speelt een spottend lachje. Zij weet iets wat hij niet weet.

'Nou? Wat is daarop je antwoord?' zegt Jochem.

'Joachiem de Vliegende Vampierhond... je hebt in de poep getrapt!' Marloes glimlacht fijntjes. 'Is dat misschien achtergelaten door familie van je?'

Jochem kijkt eerst verschrikt en dan vol afgrijzen naar de zolen van zijn gympen. Karim en Kelly liggen dubbel van het lachen. En Marloes kan haar lach ook niet meer houden.

'Ah nee, hè!' kreunt Jochem. 'Gatver!'

Op het schoolplein verdringt een groepje klasgenoten zich om een jongen. Zo te zien is er iets bijzonders aan de hand.

'Wie staat daar in het midden?' vraagt Jochem. Hij loopt ernaartoe.

'O bah. Tycho. Hij zal wel weer iets goors hebben,' bromt Marloes.

Met tegenzin loopt ze erachteraan. Eigenlijk doet ze dat alleen maar omdat Karim ook meegaat. Ze vindt Karim heel leuk. Hij is altijd hartstikke aardig. Heel anders dan Tycho, die ze helemáál niet leuk vindt. Hij doet altijd gemeen en is een opschepper. Nu heeft hij een grote appelmoespot bij zich die hij aan de anderen laat zien.

'Wat heb je daar?' vraagt Jochem hem.

'Een vleermuis. Gevonden.'

Marloes zet een stap achteruit. Gets, een echte?

Triomfantelijk houdt Tycho de pot omhoog zodat ze het beter kunnen zien. Op de bodem ligt een klein, donkergrijs hoopje. Er is niet veel in te herkennen.

'Pfft. Dat is helemaal geen echte vleermuis,' zegt Kelly. 'Het lijkt wel een drol.'

'Doe niet zo stom!' snauwt Tycho en hij beweegt de pot heen en weer. 'Kijk maar. Hij slaapt.' Het dingetje op de bodem rolt heen en weer, maar er zit niet veel beweging in.

'Zie je wel? Je hebt gewoon een drolletje in een pot gedaan,' zegt Kelly.

'Hij is vast gewond,' fluistert Karim tegen Marloes.

'Of dood,' knikt Marloes. Dan zegt ze hard genoeg zodat Tycho het goed kan horen: 'Gestikt in die pot!'

'Hij is niet dood!' schreeuwt Tycho en hij schudt met de pot. 'Hij slaapt gewoon. Kijk dan!'

'Nou, die wordt echt niet meer wakker!' zegt Marloes.

Voordat Tycho een antwoord terug kan bijten, slaakt een van de meisjes een kreet.

'Ik zie een pootje! Hij leeft echt, hoor! Ik zie een pootje.' Het lijkt wel of ze een toverwoord heeft gezegd. De meisjes stuiven gillend weg, de jongens verdringen zich er nog dichter omheen.

'Laat je hem zien in de klas?' vraagt Jochem.

Tycho kijkt hem heel lelijk aan.

'Hoe kom je eraan?' vraagt iemand anders.

'Dat gaat je niks aan!' zegt hij kribbig.

'Heb je wel gaatjes in het deksel gemaakt?' vraagt Marloes.

'Waar bemoei jij je mee, stomme trut?' snauwt Tycho en hij ziet eruit of hij Marloes een oplawaai wil geven. 'Wil je matten?!'

Kelly trekt Marloes mee. 'Kom, laat hem maar.'

In de boom

's Avonds spelen Karim, Marloes, Kelly, Jochem en een heleboel andere kinderen dubbel-verstoppertje. Je moet je dan met zijn tweeën tegelijk verstoppen. Thomas is de zoeker. Hij staat bij een lantaarnpaal af te tellen.

'Hij vindt iedereen altijd heel vlug,' zegt Marloes.

'Thomas, je vindt mij toch niet!' roept Kelly.

'Wedden van wel?' roept Thomas terug en telt hardop verder. Kelly zet het op een lopen, en Jochem gaat meteen achter haar aan. Zij rennen de ene kant op, Marloes en Karim de andere. Marloes weet dat Jochem verliefd is op Kelly. Daar hoeft zij niet zo nodig bij te zijn.

'Marloes, deze kant op,' wenkt Karim. 'Ik ken een hele goeie plek om te verstoppen.'

Een paar minuten later zitten ze op hun gemak in een boom. Karim heeft niet gelogen. Het is een uitstekende verstopplaats. Eerst zijn ze onder een stuk prikkeldraad door gekropen, en daarna in een boom geklommen. Die heeft dikke takken en heel veel bladeren. Je ziet haast niet dat er iemand verborgen zit tussen al dat groen. Een tijdje kletsen ze over school.

'Lekker plekje!' zegt Marloes.

'Ik zit hier wel vaker,' zegt Karim. 'Dan kom ik hier om na te denken.'

Marloes vraagt waarover hij dan nadenkt.

Karim haalt zijn schouders op. 'Over van alles. Wat ik later wil worden, en zo.'

15

'Ik weet nog niet wat ik wil worden. Detective lijkt me gaaf.' Marloes lacht. 'Net als op tv.'

'Popmuzikant lijkt me wel wat. Ga ik meedoen met Idols, of zo.' Karim trekt een gekke bek. 'Maar ik kan niet zingen.'

Marloes lacht. In de verte horen ze roepen als Thomas weer iemand vindt.

'Zullen we gewoon blijven zitten?' stelt ze voor. 'Ik zit wel lekker, en hij vindt ons hier nooit.'

Karim glimlacht een beetje verlegen. 'Mag jij zo lang nog buiten blijven, dan?'

'Het is toch nog niet donker?' antwoordt Marloes.

'Maar wel bijna. Het is...'

'Ssst!' onderbreekt Marloes hem. 'Ik hoor iemand! Is dat Thomas?'

Eerst kunnen ze het niet goed zien, maar dan zien ze een man die onder hun boom door loopt.

'Wie is dat?' fluistert Marloes in het oor van Karim.

Karim schudt zijn hoofd. 'Weet ik niet. We zitten op het land van een boer, denk ik.'

'Fijn! En dat zeg je nu!' fluistert Marloes geschrokken. Ze ziet al voor zich hoe de boer met een hooivork achter hen aan komt rennen.

De man blijft even staan. Hij mompelt tegen zichzelf, te zacht voor Marloes en Karim om te horen wat hij zegt. Dan kijkt hij spiedend rond, luistert aandachtig en schuifelt daarna verder. Hij knielt neer bij twee kapotgetrapte kolen. Dan trekt hij de restanten uit de grond en smijt ze verderop in de sloot bij het prikkeldraad. Er klinkt een plons.

'Rotkinderen,' gromt hij.

Dat kunnen Marloes en Karim wel verstaan. Ze giechelen opgelucht als de boer weg is.

'Rotkinderen,' doet Marloes hem na, en dan moeten ze nog harder lachen.

'En we hebben helemaal niks gedaan. We zijn daar niet eens geweest!' Karim wijst naar de keurige rijtjes kolen die de boer heeft uitgezet. 'Het wordt zo donker. Zullen we teruggaan?'

'Jammer. Het is wel cool, hier zitten en zo de boel bespieden,' zegt Marloes. Ze laat zich behendig uit de boom zakken. 'Ook al komen er niet zo veel mensen voorbij.'

Karim belandt naast haar op de zachte grond. Hij houdt het prikkeldraad opzij zodat zij er tussendoor kan kruipen. Daarna doet Marloes hetzelfde voor hem.

· Er wordt geroepen: 'Allemaal uitkomen. Tijd!'

'Weet je al waar je het over gaat doen met je spreekbeurt?' vraagt ze als ze teruglopen.

'Ik vond die vleermuis die Tycho had wel apart. Dat is best een mooi onderwerp.'

Marloes trekt een vies gezicht. 'Wat is dat toch met die vleermuizen? Eerst Tycho met dat griezelige beest en nou jij weer!'

'Hij was toch niet griezelig?' vraagt Karim verbaasd. 'Alleen maar klein en heel zielig.'

'Ja ja. Ik ben ook klein en heel zielig,' zegt Marloes. 'Doe je spreekbeurt maar over mij.'

Karim schuift thuis nog even achter de computer. Het is al bedtijd, maar het is nog zo warm in huis dat hij toch niet kan slapen.

'Wat ben je aan het doen?' vraagt zijn zus Hilal.

'Ik heb een idee voor een spreekbeurt,' zegt Karim, 'en ik ga kijken of ik er wat over kan vinden.'

'O? Waar ga je het over doen?'

'Vleermuizen, denk ik.'

'Ah, jakkes! Hoe kom je daar nou bij? Waarom doe je het niet over katten of papegaaien, of zo?'

'Die zijn saai. Vleermuizen zijn tenminste apart.'

Hilal zucht overdreven en draait zich om. 'Jongens ook altijd,' hoort hij haar nog zeggen voordat ze naar boven loopt.

Karim denkt aan Marloes terwijl hij op internet naar informatie over vleermuizen gaat zoeken. Wat is ze toch een leuk meisje... Zou ze verkering willen?

'Wat zijn vleermarloesen?' Opeens staat Karims moeder naast hem. Ze leest over zijn schouder wat hij intypt. Oeps! Karim voelt dat hij een kleur krijgt. In plaats van vleermuizen heeft hij aan Marloes gedacht! En nu heeft hij twee woorden door elkaar gehusseld! Snel verandert hij het woord in 'vleermuizen'. Zijn moeder lacht en vraagt of hij vaker zulke typefouten maakt.

Karim kan zijn aandacht er niet meer goed bij houden. Hij zet de computer uit en gaat naar boven.

De volgende dag zitten Karim, Marloes, Jochem en Kelly op het muurtje bij school in de schaduw van een grote boom. Ze hebben pauze en het is erg warm buiten. Karim kijkt naar Tycho.

'Zou hij het zeggen als ik het aan hem vraag?'

'Wat?' Jochem neemt een hap van zijn appel.

'Waar hij die vleermuis heeft gevonden.'

'Vergeet het maar. Tycho doet niks voor niks.' Jochem schudt zijn hoofd. 'Misschien moet je hem betalen.'

Marloes rolt met haar ogen. 'Begin jij nou ook al? Zijn vleermuizen in de mode, of zo?'

'Vleermuizen,' zegt Jochem plechtig, 'zijn altijd in de mode in de zomer. Want dan zie je ze heel veel.'

'O? En hoe komt dat dan, meester Jochem?' Kelly maakt een geeuw-gebaar.

'Nou... euh... gewoon. Omdat er dan veel warm bloed te krijgen is.' Jochem trekt een geleerd gezicht. 'En ze zuigen bloed, weet je.'

Kelly kijkt hem vol walging aan en Marloes steekt haar vingers in haar oren. Ze heeft genoeg van al die bloederige verhalen.

'Allemaal onzin, dat bloedzuigen,' zegt Karim een beetje afwezig. Het is een beetje raar, maar hij kan de vleermuizen niet goed uit zijn hoofd zetten. Hij moet er de hele tijd aan denken.

Als de juf na de pauze vraagt of Karim al weet waar zijn spreekbeurt over zal gaan, antwoordt hij meteen: 'Over vleermuizen!'

O jee. Nu heeft hij het gezegd. Dan kun je niet meer terug. Waarom heeft hij niet wat langer nagedacht? Hij gluurt naar Marloes. Ze kijkt in haar boek en ziet hem niet. Dan ziet hij Tycho. Die loert naar hem met een diepe frons.

Karim denkt aan de pot met het kleine beestje erin. Een echte vleermuis. Zou hij nog leven?

'Karim!' roept de juf. 'Let eens op, slaapkop. Ik heb al twee keer gezegd dat jij verder moet lezen.'

Hij schrikt en duikt in zijn boek. Eline, die naast hem zit, wijst vlug aan waar ze zijn gebleven. Snel begint hij voor te lezen.

'Hé Karim, wacht eens even!' Tycho komt achter hem aan gerend.

Karim draait zich om. Marloes kijkt ook over haar schouder.

'Wat moet Tycho van jou?' vraagt ze zachtjes. Want Tycho zegt gewoonlijk niks tegen Karim, hij laat hem het liefst links liggen.

Tycho komt snel dichterbij. Hij kijkt Marloes aan.

'Kun jij niet effe opzouten?'

'Nou ja, zeg. Doe normaal,' zegt ze.

Karim zegt niets, maar hij kijkt ongemakkelijk.

'Dit is niks voor meiden,' zegt Tycho tegen haar. Hij trekt Karim een stukje opzij, bij Marloes vandaan. Ze kijkt heel boos, maar blijft staan.

Tycho draait zijn rug naar Marloes toe en zegt zacht, zodat ze het niet kan horen: 'Jij doet je spreekbeurt over vleermuizen, hè?'

Karim knikt.

'Je kunt er bij mij een kopen,' fluistert Tycho samenzweerderig.

'Kopen?' vraagt Karim een beetje verrast. 'Heb je ze te koop?'

Gewichtig knikt Tycho. 'Ik kan eraan komen. Heb je interesse?'

Karim weet niet goed wat hij moet zeggen. 'Hoe kom je daar dan aan?'

'Dat is geheim,' zegt Tycho. 'Daar heb jij niks mee te maken.'

'Wat kost het dan?' Karim wil zeggen dat het raar is om vleermuizen te verkopen, maar hij voelt een vreemde kriebel in zijn buik. Het is... spannend. Iets wat normaal niet kan, maar nu wél.

'Een euro voor een grote, twee euro voor een kleintje.'

'Een kleintje? Een jonge vleermuis?'

'Nee stommerd. Twee verschillende soorten. Grote en kleine.'

'Waarom zijn die kleine dan duurder?'

'Omdat het moeilijker is daaraan te komen,' zegt Tycho een beetje ongeduldig. 'Nou, wat wordt het? Ja of nee?'

Marloes kan niet echt horen wat ze zeggen, ziet Karim. Hij is er blij om, want ze zou heel boos worden. Hij zou nee moeten zeggen tegen Tycho, en toch kan hij het niet.

'Nou?' dringt Tycho aan. 'Hé, slome – wat wil je nou?'

'Euh… Oké. Een grote. Nu?'

'Nee, idioot.' Tycho schudt zijn hoofd. 'Denk je dat ik ze op voorraad heb? Hoeveel wil je er hebben?'

Die vraag overvalt Karim een beetje. Hoeveel? Kun je er ook meer dan één krijgen?

'Eén, van een euro,' zegt hij maar snel. Niet te veel over nadenken. Hij weet nog niet eens wat hij er thuis mee moet doen. Waar moet je zo'n beest laten? En hoe groot is een grote vleermuis dan? Die in dat potje, dat was vast een kleintje. Misschien moet hij vast een grote doos zoeken.

'Oké. Zorg dat je het geld bij je hebt. Geen geld, geen vleermuis, begrepen?'

Karim knikt. 'Eén euro, morgen.'

'Na school, achter de fietsenstalling,' zegt Tycho en hij loopt meteen weg.

Karim gaat vlug naar Marloes, die verderop is gaan zitten in de schaduw van de boom.

'Nou,' zegt ze terwijl ze Tycho nakijkt, 'hij heeft wel haast zeg. Wat moest hij van je?'

Snel denkt Karim na. Marloes vindt die vleermuizen maar niks.

'Hij wilde iets vragen over het schoolvoetbaltoernooi,' verzint hij.

Marloes geeft geen antwoord. Ze kijkt wel heel bedenkelijk.

'Heb je zin in een ijsje?' vraagt Karim vlug. 'Dat mag van mijn moeder.'

Marloes knikt. Ze is niet gek, ze weet best dat het niet over het toernooi ging, en dat weet Karim ook wel. Maar een ijsje gaat er altijd wel in!

Een tas vol

De school is uit. Iedereen loopt naar buiten, de warme zon in. De achtste-groepers blijven bij de pingpongtafel hangen en spelen een wedstrijdje tegen groep zeven. De kinderen van groep zes vlinderen uit over het school- plein; sommige kinderen blijven om te knikkeren of op de klimrekken te spelen.

Karim kijkt of hij Tycho ergens ziet. In zijn broekzak heeft hij een euro. Hij is zenuwachtig. Hij wil niet dat Marloes ziet dat hij een vleermuis van Tycho koopt.

'Wat loop jij gekke bekken te trekken,' zegt Jochem.

'Is dat zo?' Karim probeert gewoon te doen. Dat gebeurt altijd als hij nerveus is, dan trekt er een spiertje bij zijn mondhoek. 'Ik ben een beetje gespannen. Straks moet ik naar de tandarts.'

Marloes, die naast Jochem staat, begint te lachen.

'Ha ha, die Karim! Bang voor de tandarts!' Ze kijkt hem stralend aan. 'Dat stelt toch niks voor!'

'Ik ben er ook niet bang voor,' sputtert Karim tegen. Zo lijkt hij wel een watje. 'Maar ik kan wel leukere dingen bedenken.'

Marloes' ogen glinsteren. 'Ik plaag je alleen maar.'

Karim lacht een beetje sukkelig mee. Gelukkig, ze vraagt niet verder. Tot zijn opluchting wordt Marloes geroepen door een paar meisjes. Stilletjes glipt hij weg, op zoek naar Tycho. Achter de fietsenstalling, had hij gezegd.

Tycho is vast meteen naar huis gereden om de vleermuizen te halen. Karim heeft goed gekeken of hij iets bij
zich had, maar dat was niet zo. Dat zou ook niet kunnen,
hij zou die spullen nooit de hele middag verborgen kunnen houden.

Karim is niet de enige die staat te wachten. Nog een
paar jongens hangen een beetje onopvallend achter de
houten stalling rond.

En ja hoor, na een paar minuten komt Tycho op de
fiets aangereden. Er hangt een grote tas aan zijn stuur.
Meteen komen er nog meer jongens aan, die blijkbaar
ook hebben staan wachten. Allemaal verdringen ze zich
om hem heen.

Karim gaat erbij staan en schuift wat naar voren.
Omdat hij nogal lang is, kan hij over de schouders van
een veel kleinere jongen heen kijken. Hij dringt dichter
naar Tycho toe.

'Tycho, ik heb het geld,' zegt hij als hij vlak bij Tycho
staat. Maar die hoort hem niet. Iedereen dringt en duwt
en ze willen allemaal iets van hem. Het zijn alleen maar
jongens.

'Ik heb twee euro!' roept een van de jongens. 'Ik was
eerst.'

Tycho staat onverstoorbaar in het midden. Karim weet
niet eens of hij wel gemerkt heeft dat hij er ook bij staat.

'Tycho,' zegt hij nog eens, 'ik heb het geld bij me.'

Razendsnel gaan er dingen van hand tot hand. Uit de
stevige rieten boodschappentas die op de grond tussen
Tycho's voeten staat, komen een paar glazen potten
tevoorschijn. Een van de jongens duwt Tycho geld in zijn

hand, die het meteen wegstopt in zijn zak. De jongen krijgt een pot, kijkt erin en loopt met een tevreden gezicht snel weg.

Karim weet niet wat hij ziet. Of eigenlijk weet hij het wel. Maar hij kan het niet zo goed begrijpen. Heeft Tycho zo veel vleermuizen in die potten zitten?

'Nou ik!' roept Twan, die ook in hun klas zit. 'Twee grote.'

'Twee grote, dat is twee euro,' zegt Tycho en hij steekt

zijn hand uit. Twan glundert als hij het geld aan hem geeft en snel pakt Tycho uit de tas een kartonnen doosje waarin twee vleermuizen zitten. Twan trekt het deksel voorzichtig een stukje omhoog. Karim kijkt over zijn schouder mee.

'Zijn dit grote?' vraagt Twan een beetje teleurgesteld. 'Ze zien er helemaal niet groot uit.'

'Dat zijn grote,' zegt Tycho kortaf.

Grote vleermuizen zijn dus ook maar klein, ziet Karim. De beestjes liggen een beetje suf op de bodem van de doos, met uitgespreide vleugeltjes. Snel duwt Twan het deksel weer op zijn plaats. Dan gaat hij er met zijn schat vandoor.

'Ik wil een kikker!' roept Roy, een kleine jongen met sproeten. Tycho duikt weer in de tas. Hij laat de jongen een halfbeslagen pot zien met daarin een bruine kikker en een heel klein laagje water. Het beestje probeert aan de binnenkant van het glas omhoog te klimmen, maar glijdt steeds terug. Iedereen lacht, behalve Karim.

'O, cool!' Roy wil de pot aanpakken, maar Tycho trekt meteen zijn hand terug.

'Eerst betalen,' zegt hij scherp. 'Ik sta hier niet voor nop.'

'Ik heb geen geld,' zegt Roy. 'Ja, thuis wel. Maar niet hier. Ik betaal je morgen.'

'Niks ervan.' Tycho schudt zijn hoofd. 'Je krijgt pas iets als je betaalt.'

'Maar dan moet ik eerst naar huis.'

'Nou, dat moet dan maar,' zegt Tycho koel.

'Wil je die voor mij apart houden?' vraagt Roy. Hij

kijkt nogal smekend. Karim kijkt naar het gezicht van Tycho. Bikkelhard, staat dat. En er is nog iets, maar Karim weet niet hoe hij dat moet omschrijven. Alsof Tycho het leuk vindt om de baas te spelen. Het is duidelijk dat hij geniet van zijn macht.

'Apart houden? Nee hoor, daar doe ik niet aan. Als iemand anders deze kikker wil kopen, kan dat. Met een beetje geluk, heb ik hem morgen nog. En als je dan geld bij je hebt, verkoop ik hem misschien aan je.'

Een jongen uit de andere groep zes begint te roepen dat hij hem wil kopen en wél geld bij zich heeft.

Tycho grijnst naar Roy. Die zegt niets meer. Hij kijkt heel sip en sjokt weg.

'Ik heb twee muizen,' kondigt Tycho aan. 'Die zijn moeilijk te vangen, dus die zijn ook duurder. Drie euro.' In een klein metalen kooitje zitten twee muisjes die wild piepen en paniekerig over elkaar heen kruipen.

'Ik!' klinkt meteen een stem en er komt een hand naar voren met drie euro's erop. 'Ik koop er een!'

Het geld verdwijnt meteen in Tycho's broekzak. Hij vist een potje uit de tas en klapt de zijkant van het kooitje open, waarna hij heel snel het potje voor de opening houdt. Daarna schudt hij net zo lang totdat een van de twee muizen in het potje valt. Binnen een paar tellen zit er een deksel op de pot en is het kooitje weer dicht. In het glazen potje beweegt de muis angstig heen en weer.

'Ik wil die andere!' zegt Floris, die naast Karim staat. Opnieuw gaat er een muis in een potje. Tycho stopt het kooitje terug in de tas en kijkt op.

In Karims hoofd floept het gezicht van Marloes

tevoorschijn, alsof iemand een lichtje aandoet. Wat ben je aan het doen, Karim? O niks. Dat kan niet hoor, je hebt toch iets in je handen? O, dat is niks bijzonders. Laat dan eens zien? In Karims hoofd draait een heel gesprek tussen hem en Marloes.

'Ben je er nu pas?' Opeens heeft Tycho hem opgemerkt.

'Tycho, ik...' begint hij. Hij wil zeggen dat hij ervan afziet, dat hij geen vleermuis wil kopen in een potje. Die muis... die zag er zo zielig uit!

'Pech, Karim. Helaas pindakaas. Uitverkocht. Had je hier maar wat eerder moeten zijn. Je kunt een pot kikkerdril krijgen, die heb ik nog wel.' Hij tikt met zijn voet ongeduldig op de grond. 'Nou, wat wordt het? Ja of nee? Kom kom, ik heb niet de hele dag de tijd.'

Karim is volkomen verbluft. 'Ja,' stamelt hij, 'doe maar. Doe dat maar.'

'Kost een euro.'

Snel pakt hij de euro en legt die in Tycho's uitgestoken hand. Zonder hem fatsoenlijk aan te kijken duwt Tycho een klein jampotje met een hele sliert zwarte bolletjes in Karims handen. Karim houdt het potje omhoog. Er zit een stickertje op de pot. 'Mister T' staat erop, met hoekige, agressieve letters. Te verbaasd om iets te zeggen loopt Karim weg. Het is niet te geloven. Tycho heeft zelfs zijn eigen logo erop gezet!

'Daar komt de meester!' waarschuwt iemand. In een paar tellen valt het groepje uit elkaar. Tycho grijpt de tas, springt op zijn fiets en is razendsnel verdwenen.

Met de pot in zijn handen loopt Karim het schoolplein af.

'Wat is dat?' Hij had er even niet meer aan gedacht, maar Marloes was ook nog op het schoolplein.

'Kikkerdril,' antwoordt Karim. Over kikkers gesproken... het lijkt wel of er een kikker in zijn keel zit. Maar Marloes reageert heel enthousiast.

'Oooh! Dat is hartstikke leuk! Hebben we thuis ook een keertje gehad. Dan krijg je allemaal piepkleine kikkertjes!' Ze houdt de pot omhoog en bestudeert de slinger die in het water heen en weer wiegt. 'Dan krijgen ze eerst een staartje, en dan pootjes, en dan verdwijnt die staart weer en...' Abrupt houdt ze op. Ze kijkt Karim aan. 'Hoe kom je hieraan?'

Karim krijgt een kleur. 'Van Tycho.'

'Hè? Gekregen?'

Eerst wil Karim knikken, maar dan besluit hij de waarheid te vertellen.

'Nee, gekocht.'

'Wat? Heb je ervoor betaald? Waarom? Je kunt dat zelf zo uit de sloot opvissen!' Marloes is echt verbaasd. 'Verkoopt Tycho kikkerdril?'

Opeens gooit Karim alles eruit. 'Ja, en niet alleen dat. Hij had ook kikkers in potjes en muizen, en... nou ja... ik ging ernaartoe om een vleermuis te kopen.'

'Echt waar?' Marloes' ogen gaan wat verder open. Ze zijn heel mooi blauw.

Ongemakkelijk schuifelt Karim met zijn voeten over de grond. Hij vindt het moeilijk om Marloes aan te kijken.

'Ik was niet de enige,' verdedigt hij zich zwakjes. 'Er waren hartstikke veel jongens, Roy en Daan en Floris en die jongen met dat rode haar uit groep zeven... Iedereen wou iets van hem kopen. Op het laatste moment wilde ik het niet meer doen, maar toen... nou ja... opeens...'

'Stond je met een pot kikkerdril in je handen,' vult Marloes aan. Met een bedenkelijk gezicht kijkt ze naar de heen en weer wiegende kikkerdril. 'Wilde je die vleermuis voor je spreekbeurt?'

Karim knikt. 'Maar toen ik die kikker zag, en die muis... toen vond ik het zo zielig. Kikkerdril in een potje, dat is leuk. Als ze groot genoeg zijn laat je ze weer vrij. Maar zo... dat hoort niet.'

'Ik vraag me af hoe hij eraan komt,' zegt Marloes. 'Wat is het toch een stom joch! Welke idioot krijgt nou zo'n idee?'

Karim krimpt een klein beetje in elkaar. Marloes is echt verontwaardigd. Straks denkt ze nog dat hij ook stom is omdat hij een vleermuis wilde kopen.

'Ik dacht dat je vleermuizen eng vond,' zegt hij kleintjes.

'Vind ik ook. Maar dat doet er toch niet toe? Ik vind het gewoon belachelijk van Tycho. Kikkers en vleermuizen in een potje... Had hij nog meer beesten?'

Karim schudt zijn hoofd. 'Muizen, maar dat zei ik al. Verder heb ik niets anders gezien.'

'Hij moest zelf eens in een pot gestopt worden,' zegt ze en haar ogen fonkelen fel.

Karim mompelt een antwoord.

'Wat zeg je?'

'Ik zei dat niemand daar geld voor zou willen betalen,' herhaalt Karim. Een ogenblik kijkt Marloes hem nog met dezelfde nijdige blik aan, dan trekt er opeens een brede lach over haar gezicht.

'Da's een goeie, Karim!' grinnikt ze.

Opgelucht haalt hij adem. Gelukkig. Als ze al boos is, is dat niet op hem!

Dan knipt ze in haar vingers. 'Ik heb een idee...'

Niet zo eng

Marloes typt heel snel. Samen met Karim zit ze in de huiskamer achter de computer en bekijkt websites over vleermuizen en kikkers. Soms kopieert ze stukjes tekst en plaatjes van internet en plakt die in een Word-document. Op die manier hebben ze al best veel informatie verzameld.

'Ze hebben eigenlijk best mooie kopjes, die dwergvleermuizen,' zegt Marloes peinzend. 'Ze zijn helemaal niet zo eng als ik dacht.'

'Nee, en ook veel kleiner,' zegt Karim. 'De vleermuizen die hier leven, zijn niet groot. Ze hebben ongeveer het formaat van een kanariepietje en soms zelfs kleiner,' leest hij hardop voor. Dan schiet hij in de lach. 'Tycho had het over grote en kleine vleermuizen. Ik dacht dat zo'n grote wel een joekel moest zijn.'

Marloes vraagt of het om jonkies ging.

'Dat denk ik niet. Volgens mij heeft hij díé gevangen.' Hij wijst naar de afbeeldingen op het scherm. Een grote en een kleine dwergvleermuis. 'De ene is gewoon een beetje kleiner dan de andere.'

Marloes wijst naar een heel mooi plaatje. Karim knikt. Het doet hem denken aan het pak van Batman.

'Batman betekent vleermuisman,' weet Marloes. 'Ik wist niet eens dat die vleugels echt zo'n vorm hebben. Best mooi, hè?'

'En ze slapen ondersteboven!' Hij knikt naar een plaatje van een groepje vleermuizen dat aan een balk hangt te slapen. 'Ze hangen gewoon op hun kop, als ze niet rondvliegen. Op hun kop!'

Marloes moet erom lachen.

'Ga eens verder?' zegt Karim. 'Staat er ook wat over vampiers?'

Marloes scrolt behendig door de pagina's en vindt een stukje dat 'Bijgeloof' heet.

'Nou,' zegt ze tevreden en leunt achterover, 'niks mensenbloed dus. Er zijn wel vampiervleermuizen. Dat zijn kleine vleermuizen die een piepklein gaatje maken in de poot van een dier en het bloed oplikken dat uit dat wondje komt.'

Karim rekt zich uit met een diepe zucht. 'Vampier-vleermuizen.'

'Dus vampiers bestaan wél echt.' Marloes trekt een verraste wenkbrauw op. 'Dat had ik niet gedacht.'

'Jochem bestaat toch ook?' Karim grinnikt om zijn eigen mop.

Marloes ziet opeens het gezicht van Jochem weer voor zich, toen hij voor vampier speelde en ze giebelt mee.

'We zullen hem morgen vertellen dat hij echt is,' zegt ze opgewekt. Ze scrolt verder totdat Karim stop roept.

'Kijk eens! Een vrouwtjesvleermuis krijgt één of twee jongen.' Verbaasd stopt hij even. 'O. Ik dacht dat vleermuizen eieren legden.'

Marloes dacht eigenlijk hetzelfde, maar dat zegt ze niet hardop.

'Hier staat het,' gaat Karim verder. 'Het zijn zoogdieren. Ze zitten bij elkaar in een grote kolonie. Dat kunnen er heel veel zijn, soms wel honderden. In juni worden de kleintjes geboren en...'

Hij stopt. Marloes denkt precies hetzelfde.

Ze zegt: 'Tycho haalt die vleermuizen weg uit een kolonie.'

Ze zijn er allebei een beetje stil van. Marloes denkt aan de glazen pot die Tycho bij zich had, en aan Kelly die riep dat het net een drol was.

'We moeten hem laten stoppen,' zegt ze opeens fel. 'Het slaat nergens op. Vleermuizen kun je niet zelf verzorgen.'

Karim knikt. Hij is het roerend met Marloes eens.

'Misschien is het wel verboden,' zegt hij. 'Echt iets voor Tycho, om iets te doen wat niet mag.'

'Kunnen we daar niks over vinden?'

Marloes stopt met typen. Haar ogen vliegen over de regels op het scherm.

'Kijk, Karim, hier staat het! Het is echt verboden. Zie je dit? Kijk! Ze zijn beschermd! Vleermuizen zijn beschermd. Dat betekent dat je ze niet mag vangen, niet mag houden, niet mag fokken, en al helemaal niet mag verkopen!'

'We moeten erachter komen waar hij ze vandaan haalt,' zegt Karim gespannen. Dit is ongelooflijk. Het begint met een idee voor een spreekbeurt en nu zijn ze opeens op het spoor van illegale handel! Misschien komen ze wel in de krant of op tv!

Marloes snuffelt op de website of ze iets kan vinden over plekken waar vleermuizen gevonden kunnen worden. Er staat een heleboel over vindplaatsen.

'Het moet een plek zijn die niet opvalt,' zegt ze. 'Want als iemand ziet dat Tycho die beesten vangt, is het natuurlijk meteen afgelopen.'

'Hier staat,' zegt Karim, 'dat vleermuizen onder dakpannen leven, of in de spouwmuur. Wat is een spouwmuur?'

'Een holle ruimte in de muren van een huis. Daar zit van dat gele spul in.' Marloes weet het nog van de verbouwing van vorig jaar. 'Zou Tycho ze daar vandaan hebben?'

'Bij Tycho thuis hebben ze geen dakpannen. Hij woont in een flat,' zegt Karim. Jochem heeft hem dat een keer verteld.

'Misschien zitten ze wel in de kelder van die flat,' zegt Marloes.

'Misschien.'

Marloes denkt aan Tycho. Hij zwerft altijd over straat. Soms doet hij wel eens mee als ze een spelletje doen, maar dan gaat Marloes liever iets anders doen, of ze zorgt dat ze niet bij hem in de buurt komt.

'Ik denk,' zegt ze terwijl ze over haar neus wrijft, 'dat we het niet binnen moeten zoeken. Hij is altijd buiten. Hij heeft vast ergens een plek gevonden waar ze zitten. In een flat kan hij ook niet ongestoord zijn gang gaan, want daar lopen de hele tijd mensen in en uit.'

Karims ogen beginnen te schitteren. 'Weet je wat? We gaan hem achtervolgen. Schaduwen, net als op tv. En dan ontdekken we vanzelf waar hij die vleermuizen vandaan haalt.'

Marloes vraagt zich hardop af wat ze moeten doen als ze dat weten.

Karim haalt zijn schouders op. 'Dat weet ik ook nog niet, hoor. Maar dat zien we dan toch wel?'

Marloes' moeder komt binnen met een mand vol was.

'Hallo jongens,' zegt ze. 'Wat zijn jullie aan het doen? Een spelletje?'

'Nee,' zegt Marloes en bedenkt snel een passend antwoord, 'we zijn bezig voor een spreekbeurt.' Nog net geen echte leugen!

Haar moeder knikt en vraagt of Karim wil blijven eten. Maar Karim schudt zijn hoofd en bedankt beleefd. Hij kijkt naar de klok die in de huiskamer hangt en komt overeind.

'Ik moet naar huis.'

'Jij moest toch naar de tandarts?' roept Marloes

opeens. Karim grijnst een beetje schaapachtig.

'Eh, nee. Niet echt. Ik was zenuwachtig vanwege die vleermuis. Maar dat kon ik niet zeggen.'

Marloes giechelt. 'Sukkel!'

'Nou ja, vanmorgen vond je vleermuizen nog stom en eng,' zegt Karim verdedigend. 'Dan is het toch niet zo gek dat ik het liever niet zeg?'

'Toen wist ik nog niet dat ik een vleermuisjager ging ontmaskeren,' zegt Marloes opgewekt.

'Vleermuisjager?' roept moeder vanuit de tuin.

'Ja! Voor onze spreekbeurt!' roept Marloes terug en grijnst naar Karim. 'Zie ik je na het eten? Dan gaan we kijken of we Tycho kunnen vinden.'

Karim knikt. 'En waar hij heen gaat,' zegt hij vastbesloten.

'Doen jullie mee?' roept Jochem al van ver als Marloes en Karim aan komen fietsen.

'Nee,' roept Marloes, 'ik moet even iets wegbrengen voor mijn moeder!'

'En ik ga met Marloes mee,' zegt Karim.

Samen fietsen ze naar de flat waar Tycho woont. Het ziet er troosteloos uit. Grijs en grauw, met verschoten gordijnen. Wat een sombere plek. Buitenspelen kan hier helemaal niet.

'Wat wil je doen?' vraagt Karim als Marloes de naamplaatjes bij de deurbel bestudeert.

'Aanbellen. En dan vraag ik of Tycho thuis is. Als dat zo is, hoeven we niet te gaan zoeken. En als hij er niet is, weet zijn moeder misschien wel waar hij uithangt.'

Ze vindt het bordje, FAM. IDEMA, en drukt op de bel. Na een paar tellen klinkt er gekraak en geruis door het kleine rooster bij de bel.

'Ja? Hallo?'

'Dag, is Tycho thuis?' roept Marloes in de microfoon.

'Nee,' zegt de stem, 'hij is ergens buiten.'

'Weet u waar hij is?'

'Hoe moet ik dat nou weten!' Erg vriendelijk klinkt ze niet. 'Hoe heet je? Moet ik zeggen dat je geweest bent?'

'Dat hoeft niet, dank u wel. Dág!' zegt Marloes haastig en trekt Karim weg bij de microfoon. Er klinkt nog wat geruis en dat is het weer stil. Ze fietsen weg bij de flats en stoppen bij een verlaten speeltuintje. Tijd om na te denken.

Marloes loopt langzaam heen en weer over de rand van een zandbak. Haar fiets staat er tegenaan geparkeerd.

'We moeten goed nadenken,' zegt ze voor de tiende keer. 'Heel goed nadenken.'

Karim zit op de rand. Hij kijkt niet naar Marloes, hij wordt een beetje dol van dat ge-ijsbeer.

'Wat doen echte detectives in de film?' zegt Marloes. 'Die beginnen bij het begin. Wat is het begin?'

'Eerst had hij alleen een vleermuis,' antwoordt Karim langzaam. 'Daarna kwamen die muizen en kikkers en die kikkerdril erbij.'

'Dat klopt!' roept Marloes uit en steekt haar vinger omhoog. 'En hoe zou dat komen?'

'Misschien kwam hij die bij toeval tegen,' zegt Marloes. 'Of zocht hij ernaar, en heeft toen die vleermuizen gevonden.'

Karim schudt zijn hoofd. 'Dat is niet logisch. Vleermuizen leven toch niet op de grond of in het water?'

Marloes knikt. 'Je hebt gelijk.'

'Wat eten vleermuizen ook alweer?' Karim weet dat hij het heeft zien staan, maar hij kan er niet meer opkomen.

Marloes somt op: 'Insecten, soms fruit.'

'Insecten. Kikkers eten toch ook vliegen? Misschien was hij wel op zoek naar insecten.'

Marloes voelt dat ze op de goede weg zijn. Het lijkt wel

of er een racebaan in haar hoofd zit. Net alsof haar gedachten auto's zijn, die allemaal achter elkaar aanscheuren om de ander in te halen. Kikkers... kikkerdril... vleermuizen... water... insecten...

Opeens schiet haar de boer te binnen. Ze stopt met ijsberen en staat stokstijf stil terwijl ze haar handen tegen haar voorhoofd drukt. O! Net als ze denkt dat ze het weet, dan... dan is het weer weg.

'Zullen we weer in die boom gaan zitten?' stelt Karim voor. 'Misschien zien we hem dan, of krijgen we een goed idee.' Hij heeft genoeg van het rondhangen tussen die grijze betonnen blokken. Ze rijden naar de struiken bij het boerenland en zetten hun fietsen daar neer.

De boer is gelukkig in geen velden of wegen te bekennen. Snel kruipen ze onder het prikkeldraad door en klimmen in de boom.

'Het zou mooi zijn als Tycho hier onderdoor kwam lopen,' zegt Karim.

'Hm. Dat zou wel heel erg toevallig zijn,' vindt Marloes. 'Dat gebeurt alleen maar in de film.'

De enige die vlak bij de boom langsloopt, is een mevrouw met haar hond. Het beest doet een plas tegen hun boom. Marloes trekt een vies gezicht, en gebaart *niet tegen onze boom*, waarop Karim zo vreselijk moet lachen dat hij bijna hun schuilplaats verraadt. De hond merkt wel iets en blijft even stilstaan met zijn kop omhoog, maar ze zijn heel stil en de mevrouw loopt rustig verder.

'Kijk,' wijst Karim, 'het wordt donkerder. Daar heb je al een vleermuis.'

Nu ze weten waar ze op moeten letten, zien ze er meer.

Het zijn er vijf, en ze vliegen allemaal door elkaar. Boven het land van de boer gaan ze op zoek naar insecten en in hun vlucht vangen ze die. Het is net een soort ballet van vlinders, maar dan hoger in de lucht. En ze zijn zo snel, dat het af en toe moeilijk is om ze te volgen.

'Knap hè, dat ze elkaar niet raken,' vindt Marloes. 'Dat is natuurlijk met dat geluidje dat ze maken, en dat ze luisteren hoe dat terugkaatst. Dat stond ook op de site.'

'Sonar, heette dat,' zegt Karim. Hij spitst zijn oren en

probeert iets op te vangen. Maar het enige wat hij hoort is het hardnekkige gezoem van twee dikke vliegen die steeds op zijn schoen gaan zitten. 'Hoor jij iets?'

'Nee, natuurlijk niet, dat geluid is veel te hoog. Daarom heb ik ook niet van die schattige grote oren als vleermuizen!'

Nu is het de beurt van Karim om te grijnzen. 'Schattig? Zei jij scháttig? En gisteren riep je nog moord en brand en dat vleermuizen vies en eng waren!'

Marloes haalt haar schouders op. 'Ik weet er nu veel meer van. Zeg, ik mag niet veel langer buiten blijven. Het is bijna donker.'

Karim knikt. 'Laten we maar naar huis gaan. Dan proberen we het morgen weer.'

Ze klauteren omlaag.

'Morgen,' zegt Marloes somber. 'Morgen komen we op school en heeft Tycho weer zo'n vleermuis te pakken!'

'Daar kunnen we nu toch niks aan doen. Morgen vinden we hem vast.'

In bed kan Marloes de slaap maar moeilijk vatten. Ze blijft maar denken aan alles wat zij en Karim ontdekt hebben over vleermuizen. Ze wist niet eens dat die beestjes een vacht hebben. En dat er zo veel verschillende soorten zijn. Hun kopjes zijn niet lelijk of griezelig, maar een beetje een kruising tussen een hond en een kat. Met supergrote oren. En ze zijn niet eng! Echt niet! Maar het zijn geen huisdieren. En wat Tycho doet, is zielig. Ze móét ontdekken waar Tycho die vleermuizen vangt. Waar hij ze vangt... vangt... vangt... Langzaam sukkelt ze in slaap.

Ze is niet de enige die lang wakker ligt. Karim bladert in een Asterix maar hij kan zijn aandacht er niet bij houden. Zonder dat hij het echt wil, beginnen de vleermuizen weer door zijn gedachten te spoken. Vleermuizen zijn nachtdieren. Dat betekent dat ze overdag slapen en 's nachts eten zoeken. Er begint iets te prikkelen in Karims nek. Hij krijgt het gevoel dat hij er heel dichtbij is. Dat hij weet waar en hoe Tycho het doet. Die sloot bij de boer... bij de boer... daar moeten ze morgen... En dan is ook Karim eindelijk in slaap.

De ruïne

'Karim! Telefoon!' roept Hilal naar boven.

Karim probeert twee benen tegelijk in zijn broek te proppen. Telefoon? Zo vroeg?

'Ja-hallo-met-Marloes-ik-heb-een-fantastisch-idee,' klinkt het razendsnel door de telefoon.

'Hè? Marloes, ben jij dat?'

'Karim, ik weet het! Ik bedoel, ik heb iets bedacht. Het zijn nachtdieren, hè? Nou, dan slapen ze toch overdag? Dat betekent dat Tycho ze 's nachts niet kan vangen, want dan vliegen ze allemaal uit.'

Karim probeert het snelle geratel van Marloes te volgen.

'Ja. En dus?'

'Dusssss,' zegt Marloes, 'denk ik dat Tycho ze overdag vangt. We hebben op het verkeerde moment gezocht. Het is vandaag woensdag. Vanmiddag hebben we vrij. We gaan hem volgen, en dan zullen we zorgen dat er een eind aan komt!'

Een beetje perplex is Karim wel. Wauw, dat ze dit bedacht heeft! Hilal staat alleen erg opvallend mee te luisteren en Karim wil niet dat ze wat hoort.

'Luister, ik zie je wel op school,' zegt hij, 'dan praten we verder.'

Maar op school is er weinig tijd om te praten. Ze hebben het de hele ochtend druk met het helpen bij de onderbouw, omdat die kinderen een spelletjesochtend hebben. Als de bel gaat, vraagt juf of Karim en Marloes willen helpen met het naar binnen brengen van de spullen. Ze durven geen nee te zeggen en als ze eindelijk buiten staan, zijn de meeste kinderen al naar huis.

'Eindelijk! Ik dacht er dat er geen eind aan kwam,' zegt Marloes met haar tong uit haar mond. 'Wat een ochtend. Ik heb wel hónderd kleuters naar de wc gebracht en weer terug.'

'Ik heb het wárm!' moppert Karim. Hij veegt het zweet van zijn voorhoofd. 'Ik stond ook nog in de volle zon,' zegt hij. 'Ik heb dorst, niet te zuinig!' Dan kijkt Karim om zich heen. Tycho is in geen velden of wegen te bekennen.

Marloes schudt haar hoofd. 'Balen! Hij is natuurlijk al weg!'

'Net iets voor Tycho, om ertussenuit te knijpen als er opgeruimd moet worden,' zegt Karim chagrijnig. 'Wat doen we nou?'

'Ik weet niet hoe het met jou zit,' zegt Marloes, 'maar ik ga eerst naar huis. Hij is nou toch al weg, en ik ga eerst de kraan leegdrinken.'

'Vette kans dat Tycho zelf ook eerst naar huis is gegaan,' zegt Karim.

'Nou ja, dan volgen we hem toch niet?' zegt Marloes. 'We gaan gewoon zelf op onderzoek uit. Als hij die vleermuizen heeft kunnen vinden, kunnen wij dat zeker!' Ze trekt Karim mee. 'Kom, we gaan naar mijn huis. Mijn pa heeft in het weekend het zwembadje opgeblazen.'

Karim trekt één wenkbrauw op. Zeker zo'n kleuterding.

'Het is toevallig wel een hele grote,' zegt Marloes, en dat blijkt waar te zijn. Nadat ze een tijdje in het water hebben rondgespatterd, voelen ze zich een stuk opgefrist. Marloes' moeder zorgt voor veel drinken en een grote schaal aardbeien.

'Kelly belde toen je nog niet thuis was,' zegt ze. 'Of jullie ook naar het zwembad komen.'

Opeens schiet Karim iets te binnen. Zwemmen... water... Hij geeft Marloes een tikje tegen haar voet. Zonder dat Marloes' moeder het ziet, geeft hij haar een seintje. Ze begrijpt de hint. Haar moeder mag natuurlijk niet weten wat ze gaan doen. Geheid dat ze dan heibel krijgen.

'We weten het nog niet. Misschien.'

'Ik moet in ieder geval nu weg. Als jullie gaan zwemmen, kom je dan naar huis als het gaat onweren? Dat is namelijk voorspeld. Niet in het water blijven, dat is gevaarlijk. Ik zal wat geld klaarleggen op het aanrecht.'

Als haar moeder naar binnen is, vraagt Marloes wat er is.

'Ik kreeg een idee. Weet je wat ik denk? Dat Tycho kikkers ging zoeken. En waar kan dat hier? Waar hebben we gezien dat iemand de kool bij de boer kapot heeft getrapt?'

'Ja!' roept Marloes opgewonden. 'Je hebt gelijk! Dat slootje bij het land van de boer. Dat is ook net iets voor Tycho, om met zijn lompe voeten gewoon over die kolen heen te walsen.'

'Als we daar nou eens beginnen? Kijken of we hem ergens zien?'

'Top! Hartstikke goed plan!'

Tien minuten later staan ze bij het land van de boer, onder de boom. Het slootje loopt vlak langs het prikkeldraad.

'Hè, nee!' gromt Marloes teleurgesteld.

'Er zit geen water meer in,' zegt Karim teleurgesteld.

'Het is natuurlijk drooggevallen door het warme weer,' zegt Marloes.

'Maar we hoorden toch een plons toen de boer iets in de sloot gooide? Laten we een stukje verder lopen!'

Karim heeft gelijk. Er zijn plaatsen waar wel nog wat water in het slootje staat, maar het is overal ondiep. Ze lopen een tijdje door. Kikkers kwaken hier en daar. Soms zien ze er eentje, maar die laten ze rustig zitten. Ze vergeten de tijd en lopen steeds verder.

Opeens blijft Marloes staan. 'Karim, kijk.'

In de verte zien ze de restanten van wat vroeger een gebouw moet zijn geweest.

'Wat is dat?' vraagt Karim.

'Dat is de ruïne van de papiermolen.'

'De wat?'

'De ruïne van de papiermolen.'

Karim is verbaasd. Hoe weet ze toch altijd zulke dingen?

'Mijn oom heeft hier in de buurt gewoond,' zegt Marloes. 'En hij zei altijd dat we daar niet mochten spelen, want het is gevaarlijk.'

Karims ogen beginnen te schitteren. 'We hebben toch gelezen waar ze zitten? In oude gebouwen, en kerktorens, en zo?'

Marloes kijkt Karim aan. Tegelijkertijd weten ze dat ze goed zitten. Bingo!

Met hun ogen knijpend tegen het felle zonlicht turen de twee naar de donkere, onherkenbare hoop stenen in de verte.

'Ik zie daar iets glimmen. Is dat een fiets?' vraagt Karim.

Heel even kijken ze elkaar aan. En ze lopen snel verder. Hier zit ook meer water in de sloot.

Als ze voor het terrein van de oude papiermolen staan, kunnen ze eerst niet verder. Er staat een hoog, roestig hek omheen. Verderop tegen het hek staat een mountainbike geparkeerd.

'Kijk daar, dat is Tycho's fiets,' wijst Karim.

'Denk je dat hij over het hek is geklommen?' vraagt Marloes.

'Vast niet. Die bovenkant is hartstikke scherp.'

Ze lopen een stukje langs de afrastering tot ze bij Tycho's fiets komen. Het gras is platgetrapt en de onderkant van het hek is verbogen. Het hek bestaat uit aparte delen die met scharnieren aan elkaar vastzitten. Op sommige plaatsen zijn de scharnieren doorgeroest en hangt het hek half los.

Karim wringt zich door de smalle opening en helpt Marloes.

'Zachtjes,' zegt ze. 'Hij mag ons niet horen.'

'Wat vreemd,' zegt Karim. 'Was dit een molen? Zo ziet het er helemaal niet uit.'

Dat is zo. De restanten van het gebouw zijn nauwelijks te herkennen. Hier en daar staan stukken muur, maar ze

zijn allemaal afgebrokkeld en zien eruit als een berg
opgestapelde stenen. Karim knijpt zijn ogen een beetje
dicht, zodat hij door zijn oogharen gluurt. Hij probeert
zich voor te stellen waar hij nu naar kijkt.

Aan de linkerkant staan delen van muren. Twee bogen
zijn nog zichtbaar - dat was misschien wel een doorgang
naar de ruimte ernaast. Van de muren ontbreken hele
stukken. Waar eens ramen zaten, is het glas verdwenen.
Er groeien nu grillige slinger- en klimplanten. Het ziet er
helemaal niet uit als de molens die hij kent.

'Dat daar, wat zou dat voor een gebouw zijn geweest?'
onderbreekt Marloes zijn gemijmer. Ze wijst naar de resten van een hoger gebouw vóór hen. De brokkelige
muren rijzen dreigend op en taaie takken kruipen erte-
gen omhoog. Het is iets minder vervallen dan in het
voorste stuk van de ruïne. Aan een kant is de muur rond,
alsof daar vroeger een trappenhuis met een wenteltrap
was.

'Zou je daar naar boven kunnen?'

'Ik durf te wedden dat Tycho daar zit,' zegt Karim
grimmig.

Ze kijken elkaar een paar tellen aan en opeens weten ze
het heel zeker: ze zijn er heel dichtbij. Dat hoge stuk in
die ruïne, verlaten en stil: een prachtplaats voor vleermuizen! Voorzichtig en zo stil mogelijk stappen ze over
de stenen heen. Klimmen er soms op en springen van de
ene op de andere. Het is niet zo ongevaarlijk als het lijkt.
Veel stenen liggen los op elkaar en rollen onder hun voeten weg. Karim verliest zijn evenwicht op een wiebe-
lende steen en valt onzacht op een groot brok cement.

'Sst!' sist Marloes.

'Au!' knarst Karim met een pijnlijk gezicht. 'Mijn elle-
boog!' Het vel is geschaafd en het begint een beetje te
bloeden. Marloes heeft een schone zakdoek in haar
broekzak en die houdt hij ertegenaan.

'Doet het pijn?'

Karim wil natuurlijk geen softie lijken en klemt dapper zijn tanden op elkaar.

Ze wachten even totdat het bloeden ophoudt. Onder-
tussen kijkt Marloes naar de lucht.

'Het begint te waaien, voel je dat? En het wordt donkerder.'

'Nou, dat past dan prachtig hier,' zegt Karim en plukt afwezig aan de zakdoek. 'Het is hier spookachtig.' Ineens stokt zijn adem. 'Kijk, daar! Daar heeft Tycho die kikker-

dril vandaan, wedden? Zie je, daar is water.' Hij knikt en wijst naar links, waar tussen de struiken door een soort meertje te zien is. 'Dat is heel wat meer dan een slootje!'

Ja, grote kans dat Tycho daar die kikkers vangt. Ze kwaken luidruchtig. Er zitten daar vast een heleboel.

'Gaan we verder?' vraagt Karim.

'Natuurlijk!' Marloes klinkt gespannen. Hoe dichter ze bij het hogere stuk komen, hoe lastiger het wordt. Soms moeten ze over flinke brokstukken heen klimmen, die bedekt zijn met een dikke laag planten of mos. Op andere plekken staan de brandnetels en bramenstruiken met scherpe stekels kniehoog. Voorzichtig, om niet te vallen en geen lawaai te maken, sluipen ze verder. Niet veel later staan ze onder aan de resten van de molen. Gespannen kijken ze naar binnen. Geen Tycho.

Dan stappen Karim en Marloes de ruïne in.

Bliksemflitsen

Er fladdert iets voorbij, een vleermuis. Marloes geeft Karim een zacht kneepje in zijn arm.

'We zitten goed,' zegt ze zachtjes.

'Is-ie er niet?' fluistert Karim.

Marloes wil net antwoord geven, als boven hun hoofden een plank kraakt. En nog een keer. Alsof het zo afgesproken is, huilt er plots een windvlaag door de ruïne. Het zonlicht is bijna verdwenen, verscholen achter de dikke bewolking van het naderende onweer. Je kunt het zien door de grote gaten in de muren. Marloes huivert onwillekeurig. Dat ze uitgerekend op dit moment hier zijn! Haar ouders zouden uit hun vel springen als ze dit wisten...

'Hij is boven,' fluistert ze terug.

Ze kijken omhoog. Een deels afgebroken, verweerde houten trap slingert zich tegen de binnenkant van de muur omhoog. Sommige traptreden zijn helemaal weg, andere zijn kapot of hangen scheef. Roestige metalen pennen steken uit de muur. Het duurt even voordat ze zien dat op sommige plaatsen nog een stuk leuning aan die pennen vastzit. Waar de trap ophoudt, begint een verdieping die bestaat uit gammele houten planken.

'Zie je de vleermuizen?' fluistert Karim. Hij stoot haar zachtjes aan en wijst naar boven. Aan de houten balken hangen ze op hun kop. Sommige flapperen met hun vleugels, anderen hangen er roerloos. Af en toe vliegen er een paar weg, vast op zoek naar eten. Erg lekker ruikt het hier niet.

'Wat zijn het er veel.' Karim ziet er zo veel hangen dat hij er duizelig van wordt.

'Hoe kan hij daarbij?' vraagt Marloes. 'Ze hangen veel te hoog.'

'Hij is boven,' zegt Karim, 'daar kan hij...'

'Ssst!' onderbreekt Marloes hem. Ze trekt Karim aan zijn arm en snel hurken ze neer achter een bergje stenen. Precies op dat moment komt er een dunne lange stok met een schepnet door een gat in de balkenvloer naar beneden. Gespannen kijken ze toe.

'Daar is hij,' fluistert Karim.

Tycho werkt letterlijk van boven naar beneden. Hij hengelt met het schepnet totdat hij een groepje weet te raken. Twee of drie vleermuizen stoot hij los en alsof hij een hommel onder een kopje vangt, duwt hij het schepnet tegen de balk. De andere vleermuizen vliegen verschrikt weg in een wolk van zwarte beestjes. Ze vliegen allemaal door elkaar.

'Jee!' brengt Marloes onderdrukt uit. 'Wat een boel...'

Karim knikt. Hij kan zijn ogen niet van het plafond afhouden.

Behendig draait Tycho het schepnet een paar keer rond, waardoor de wild fladderende vleermuizen steeds vaster in het net komen te zitten. Daarna haalt hij snel het schepnet in. Karim en Marloes kunnen hem door een ontbrekende balk in het plafond zien.

'Hij heeft ons nog niet gezien,' zegt Marloes heel zacht.

'Wat doen we nu?'

'Naar boven. Als hij met dat schepnet bezig is, heeft hij niet in de gaten dat we eraan komen.'

Net als ze overeind komen om naar de trap te sluipen, begint het te druppelen. Opnieuw kraken er planken als een harde wind door de ruïne blaast. Het huilt als een gure storm in hartje winter. Dan verlicht een witte, helle bliksem de ruïne, en heel even is alles anders van kleur. Daarna lijkt het nog donkerder. De onweersklap komt er al snel achteraan.

Hoe ver is het nog weg? Marloes weet dat ze naar huis moet komen, en datzelfde geldt vast ook voor Karim. Plotseling wordt ze overmand door machteloze woede. Ze moeten nú ingrijpen, anders is het wéér te laat! Komt hij morgen weer op school met beesten in potjes!

Dan vliegt er iets door de lucht en het is géén vleermuis. Met een kletterend geluid valt het schepnet op de grond. De stok wipt nog een keer weerbarstig omhoog. Tycho heeft hem naar beneden gegooid. Zitten er nog vleermuizen in? Nee. Het schepnet is leeg. Waar zijn ze dan gebleven? Heeft Tycho ze ergens in gestopt?

Het is net of er iets in Marloes wakker wordt. Ze moeten hem stoppen. NU.

'Kom Karim,' fluistert ze en wijst naar boven.

Heel zachtjes sluipen ze naar voren. Het gedruppel van net verandert in echte regen. Er ontbreken hele stukken van het dak van de molen, dus wordt het binnen ook nat. Marloes voelt de druppels op haar hoofd vallen.

Karim kijkt even over zijn schouder naar Marloes. Ze ziet er net zo nat uit als hij, de regen loopt langs haar wangen omlaag. Hij schudt zijn haar om het water weg te krijgen en als ze gespannen glimlacht knikt hij haar bemoedigend toe. Nu moeten ze het doen.

Karim gaat voorop. Zo stil ze kunnen en heel erg op hun hoede klimmen ze achter elkaar de krakkemikkige trap op. De treden kraken, maar door de harde wind en het onweer valt het niet op. In gedachten telt Karim de treden: 12... 13... geen tree, dus grote stap... 15... goed vasthouden aan die uitsteeksels in de muur... 16... Hij stopt nog eens en kijkt achterom of alles goed gaat. Marloes knikt met een grimmig gezicht.

Van het ene op het andere moment staan ze oog in oog met Tycho. Hij staat met één been op een tree en met het andere wil hij net een tree lager stappen. In zijn hand houdt hij een knaloranje net waarin hij de gevangen vleermuizen gestopt heeft. Het zijn er een hoop; er krioelt van alles tussen die oranje plastic draden. Tycho heeft een vette vangst vandaag.

'Jullie!' roept hij woedend. 'Wat moeten jullie hier?'

Heel even staat alles stil. De regen komt met bakken omlaag en de houten balken en de stenen glimmen van het water.

'We komen een eind maken aan dat handeltje van jou,' zegt Karim dapper. Hij is ontzettend stoer, vindt Marloes. Ze weet niet of ze zelf nog iets zou kunnen zeggen, haar keel zit dichtgeknepen.

'Jullie... wat?' Tycho hapt naar adem.

Karim overbrugt weer drie treden van de gevaarlijk kreunende trap. Hij staat nu vlak bij Tycho. Onder zijn voeten kraakt en beweegt het en stevig klemt hij zijn hand om de roestige leuning die uit de brokkelige muur steekt. Sommige stukken zijn afgebroken, maar zo kan hij zich in ieder geval nog een beetje vasthouden.

'Blijf aan de kant, Karim,' waarschuwt Marloes. 'De trap is heel slecht!'

'Oprotten, vuile Turk!' schreeuwt Tycho.

Karims ogen vernauwen zich. 'Ik ben geen vuile Turk,' snauwt hij.

Marloes wil terug naar beneden. De trap is vreselijk gammel en wordt steeds glibberiger. Ze is bang dat er iets zal breken. Dat ze allemaal zullen vallen.

'Laat die beesten los, Tycho,' zegt ze dan.

'Bemoei jij er ook al mee, stomme trut?' scheldt Tycho, die steeds bleker wordt. Hij knarsetandt van woede. Zijn ogen zijn haast niet meer te zien. Met gebalde vuisten staat hij op, boven hen. Hij slingert met het net.

'Achteruit,' zegt hij dreigend, 'anders gooi ik ze naar beneden.'

'Doe niet zo stom!' Marloes weet niet wat ze hoort. Zou hij dat echt doen? 'Laat die dieren los. Anders... anders...'

'Anders wat?' vraagt Tycho. Hij komt steeds dichterbij en kijkt vanaf zijn positie boven Karim en Marloes op hen neer. Een knetterende flits, een donderklap...! De wind trekt aan hun flapperende, natte kleren en huilt om hen heen. Het is doodeng.

'Anders gaan we naar de politie,' zegt Marloes dapper. Ze heeft geen flauw idee of je wel bij de politie terecht kunt als het over vleermuizen gaat, maar het klinkt wel indrukwekkend.

Maar Tycho begint te lachen.

'Doe niet zo stom, trut! Denk je nou echt dat er één politieagent is die zich druk zal maken om...'

De woorden die hij dan zegt verdwijnen in een nieuwe sissende bliksemflits die meteen wordt gevolgd door een snoeiharde knal. Karim en Marloes voelen de metalen trapleuning trillen.

'Opzij. Uit de weg!' snauwt Tycho.

In haar hart wil Marloes niets liever. Maken dat ze hier wegkomt en zo vlug mogelijk naar huis. Wat blijft er overeind van deze molen als hier de bliksem inslaat? Alle drie zijn ze nu kletsnat. Het water gutst echt naar binnen. Het lijkt wel of ze onder de douche staan.

Maar Karim blijft onbewogen staan.

'Eerst die vleermuizen uit die zak,' zegt hij scherp.

'Dacht je dat echt, vuile Turk? Ik dacht het niet, hè! IK DACHT HET NIET!'

En dan gebeurt er een heleboel heel vlug achter elkaar.

Tycho beweegt te snel. Hij glibbert opeens op de tree die zo glad is geworden als een zeephelling. Het bovenste gedeelte van de trap begeeft het. Karim kan nog net op tijd vliegensvlug een paar treden terug stappen, maar door Tycho's onvoorzichtigheid breken drie planken af. Alsof hij opgeslokt wordt, schiet hij omlaag. Het versplinterende hout onder zijn voeten springt alle kanten op. Hij maait met zijn handen in de lucht om zich vast te

grijpen en... heeft een stuk van de kromgebogen leuning te pakken! Hangend aan een arm spartelt hij als een vis aan een haakje.

'Help!' gilt hij. 'HELP!'

Zijn angstschreeuw wordt overstemd door weer een verschrikkelijke onweersklap.

'HELP!'

Weg hier!

De hele molen kraakt, scheurt, kreunt en piept. Marloes moet achteruit naar beneden. Karim ook, want Tycho schopt met zijn benen. Hij raakt een stuk van de tree waarop hij staat. De stukken springen ervanaf. De planken zijn compleet verrot. Eén stevige tik en het hout zal breken alsof het niks is. Karim weet dat dit fout moet gaan! Nog een paar tellen en dan stort de trap in, en vallen ze met zijn drieën naar beneden... Opeens beseft Marloes heel goed hoe verschrikkelijk gevaarlijk het hier is.

'Karim!' gilt ze. 'De trap stort in! Terug!'

Dan doet Karim iets wat Marloes fantastisch en vreselijk moedig vindt. Hij zoekt houvast, haakt zijn arm achter een gat in de buitenmuur en hangt zo ver naar voren als kan. Tycho lijkt tegen de muur geplakt. De vingers van zijn rechterhand om de leuning geklemd. En hij graait met zijn andere hand, in de hoop iets vast te kunnen grijpen.

'Tycho!' schreeuwt Karim. 'Hou stil!' Hij strekt zich zo ver mogelijk uit om daarna zijn hand uit te steken. Zijn spieren trillen van inspanning.

'Tycho!' gilt Marloes. 'Hou op met schoppen! Blijf zo stil mogelijk hangen!' Haar hoge stem galmt door de ruïne en wordt gevolgd door een krakende donderslag als er weer een sidderende onweersflits door de lucht klieft. Of het daardoor komt is niet duidelijk, maar opeens houdt Tycho op met zijn geschop en gezwaai en blijft stil hangen. Zijn ogen zijn groot van angst terwijl hij ziet dat Karim een hand naar hem uitsteekt.

'Tycho, pak mijn hand!' Karims stem is hard. Het regenwater drupt van zijn haar en loopt in zijn ogen. Hij knippert.

'Tycho!' schreeuwt Marloes. 'Doe wat Karim zegt! Pak zijn hand.'

'Ik kan er niet bij!' schreeuwt Tycho schor. 'Ik kan er niet bij!'

Marloes denkt razendsnel na. Als Karim nog verder naar voren buigt, breken de houten balken en schieten de stenen verder los uit de muur. En ze zullen naar beneden vallen. Dan valt haar oog op het schepnet dat Tycho gebruikt heeft om de vleermuizen te vangen. Zo snel ze durft daalt ze de spekgladde trap af. Het lijkt wel of het mos op de houten traptreden door de regen is veranderd in een super-glibber-gel. Omdat sommige treden ontbreken, moet ze af en toe een grote stap maken. Ze houdt haar adem in, telkens als er gekraak onder haar voeten klinkt.

Weer een flits. Alles baadt een secondelang in griezelig wit licht. Dan is het weer donker, vrijwel onmiddellijk gevolgd door opnieuw een knetterende donderslag.

Ineens is Marloes beneden. Over het puin klautert ze naar het schepnet. Het is een stevige lange steel met een grote metalen ring eraan, waar een schepnet aan vastgeknoopt is. Met de steel in haar hand klimt ze weer terug naar Karim. Niet denken aan wat er allemaal fout kan gaan, dat alles op instorten staat! Op de tree onder hem blijft ze staan.

'Tycho, pak die ring beet. Ik trek je deze kant op. Dan kan Karim je hand pakken!'

'Opschieten, Marloes,' roept Karim. 'Ik begin ook weg te glijden!'

Marloes steekt het schepnet uit, zo ver ze kan. Met zijn vrije hand kan Tycho het grijpen en snel trekt Marloes aan de stok, waardoor ze Tycho een klein stukje dichter naar Karim kan trekken. De leuning kraakt en kreunt en piept. Als hij het nou maar houdt! Hij is zo roestig en oud dat hij bij het minste of geringste in twee stukken zal knappen. Marloes hijgt ingespannen als ze Tycho als een vis binnen begint te halen. Ja! Het lukt! Karim kan Tycho's hand pakken. Hun vingers verstrengelen zich. Karim slaat zijn hand om Tycho's pols en ze grijpen elkaar vast.

Uiterst voorzichtig trekt Karim Tycho naar zich toe. Die zwaait een keer met zijn benen en krijgt de punt van zijn schoen op de plank waar Karim staat.

'Ik tel tot drie,' schreeuwt Marloes boven het gebulder van de wind uit, 'dan moet je je andere hand loslaten, Tycho! Eén, twee, DRIE!'

Het zijn zenuwslopende seconden. Als Marloes bij drie is, laat Tycho de leuning los en opeens staat hij naast Karim op de tree. Maar het gevaar is nog niet geweken. Meteen glijdt hij weg op het glibberige hout. Hij schiet Karim voorbij, gaat onderuit en komt drie treden lager tot stilstand. In een reflex grijpt hij één van de roestige bouten die uit de muur steken en blijft hijgend tegen de muur geplakt zitten.

Marloes weet niet wat meer lawaai maakt: het onweer of het gebons van haar hart. Maar het is gelukt! Het is gelukt!

'Kom, gauw naar beneden. Laten we maken dat we hier wegkomen!' roept ze.

Voetje voor voetje schuifelen ze de levensgevaarlijke trap af. Stukken hout splinteren onder luid gekraak af en vallen omlaag. Het lijkt wel of het onweer een spelletje speelt met de ruïne. Bij iedere windvlaag komen er meer van de uitgesleten stenen los.

Karim pakt Marloes' hand en zet het op een lopen. Het valt niet mee om overeind te blijven. De ondergrond is nu heel modderig en er ligt erg veel troep die van de molen naar beneden is komen vallen. Ze moeten extra goed opletten waar ze hun voeten neerzetten.

Als ze bijna buiten zijn, roept Marloes opeens: 'STOP!' Ze trekt haar hand los.

'Wat is er?' vraagt Karim.

'Die vleermuizen! Ze zitten nog in dat net!' En voordat hij nog iets kan zeggen heeft ze zich al omgedraaid en rent ze terug.

'Marloes!' roept Karim nog, maar ze stopt niet.

Als Marloes in de molen staat, ziet ze eerst niets. Het is zo donker geworden dat ze bijna niet kan zien wat er op de grond ligt. Ze wrijft haar haren uit haar gezicht en rilt. De regen is ijskoud en ze is tot op het bot verkleumd. Vlug, vlug! Waar is dat net gebleven? Daar... daar is de trap... en Tycho liet het oranje net los op dat punt... Haar ogen speuren langs de brokstukken. Vleermuizen vliegen af en aan, schieten omhoog en omlaag. Maar het zijn niet de vleermuizen waar ze nu bang voor is. Het lijkt wel of de ruïne de spot met haar drijft. Alsof hij kreunend en krakend wil waarschuwen dat ze hier niks te zoeken heeft. Dat ze weg had moeten blijven.

'Marloes!' schreeuwt Karim van achter haar. 'Kom terug!'

'Eerst die vleermuizen,' roept ze over haar schouder en dan ziet ze plotseling het net hangen. Het is blijven haken achter een uitsteeksel, een meter of twee boven de grond. O nee! Zo kan ze er niet bij! Wat nu? Koortsachtig kijkt ze om zich heen. Ze moet iets hebben zodat ze erbij kan en...

Het schepnet!

Het ligt nog naast de trap waar ze het heeft laten vallen toen Tycho in veiligheid was. Marloes schuifelt over het gruis en de kiezels. Ze stapt over de stukken hout en klost door de modderige waterplassen die overal staan. Een paar tellen later grijpt ze de steel van het schepnet stevig beet en steekt het uiteinde omhoog. Haar natte kleren klapperen als zeilen in de wind. Plukken nat haar kletsen in haar gezicht en blijven aan haar wangen plakken.

Het is lastig. Marloes moet proberen om het oranje net met de vleermuizen los te wippen. Maar steeds blijven de draden van Tycho's schepnet haken. Als het schepnet uit haar handen schiet, moet ze opnieuw beginnen. Ze besluit om het ding om te draaien en met het uiteinde van de steel te hengelen naar waar het net vastzit.

Karim roept haar. 'Marloes! Pas op. Boven je zit een stuk trap los!'

Maar Marloes gaat verbeten door. Ze krijgt kramp in haar armen van het boven haar hoofd werken. Nog een keer, en nog eens. Weer mis. En dan plotseling schiet het oranje net los en valt naar beneden. Ze kan het nog net opvangen voordat het op de grond valt.

Vlug trekt ze het touw waarmee het net is dichtgebonden open. Ze schudt zo snel ze kan, maar heel voorzichtig, de vleermuizen eruit. Als de diertjes los zijn vliegen ze meteen weg. Wauw, het zijn er echt veel!

Marloes laat alles vallen en gaat ervandoor. Nog geen tien tellen nadat ze weg is gerend uit de verraderlijke molen, breekt met donderend geraas een grote dwarsbalk doormidden. De halve ruïne stort in! Grote en kleine brokstukken komen als hagelstenen naar beneden. Het is net een film.

'Karim!' gilt ze geschrokken als er precies voor haar voeten een knoeperd van een brokstuk belandt.

In een tel is hij bij haar. Hij grijpt haar hand en sleurt haar mee, weg van deze onheilsplek.

Binnen een paar minuten zijn ze bij het hek, rukken het open en rennen weg. Er is zelfs een heel stuk hek omgewaaid. Tycho's fiets ligt eronder.

'We halen hem wel straks op,' roept Karim en ze rennen weg.

'Daar!' roept Marloes. 'Is dat niet een schuurtje? Vlug, dan schuilen we daar!'

Inderdaad, ze heeft het goed gezien. Op het land van de boer staat een klein hok, een stukje verderop. Het is vast bestemd voor schapen of geiten, denkt Marloes, maar er zitten geen dieren in. Het is er wel beschut en

droog. Snel kruipen ze naar binnen en ploffen naast elkaar neer op de grond.

Hijgend zitten Karim, Marloes en Tycho een tijdlang stil te luisteren naar het onweer dat overtrekt. Het hok is gelukkig stevig en het dak laat geen water door. Marloes rilt en Karim heeft ook kippenvel op zijn armen. Tycho ziet bleek. Op zijn gezicht loopt een lelijke schram van zijn wang tot onder zijn kin. Het bloedt een beetje.

'Kijk eens,' zegt Marloes die door het plastic raampje tuurt. 'Zien jullie dat?'

Tientallen, misschien wel honderden vleermuizen fladderen op uit de oude molen.

'Ze vertrekken,' zegt Karim. 'Misschien voelen ze dat de boel daar op instorten staat.'

Marloes kijkt naar de zwerm vleermuizen. 'Het had niet veel gescheeld of wij waren daar niet levend uitgekomen,' zegt ze zachtjes.

Puinhopen

Tycho heeft al die tijd nog nauwelijks iets gezegd. Marloes kijkt hem aan. Ze wordt opeens boos, heel boos.

Aangewakkerd door het avontuur van net zegt ze fel: 'Nou? Heb jij niet wat uit te leggen? Weet je wel dat je daar nou nog had gelegen als Karim je niet had geholpen?' Met gebalde vuisten zit ze tegenover hem. 'En er kan nog niet eens een bedankje af, terwijl je hem uitschold voor vieze Turk!'

Tycho wordt een beetje rood.

'Het spijt me,' mompelt hij onduidelijk. 'Sorry, Karim.'

Karim haalt zijn schouders op. Hij vindt het allang best. Hij is blij dat ze het er allemaal levend afgebracht hebben. Dat is veel belangrijker. Waarom Marloes zo tekeergaat, snapt hij niet.

'Wist je dat vleermuizen beschermd zijn?' vraagt hij aan Tycho.

Die aarzelt even en knikt dan, maar geeft geen antwoord.

'Dat betekent,' legt Marloes vinnig uit, 'dat je eraf moet blijven. Dat het verboden is om ze te vangen. En het is al helemaal verboden om ze te verkopen. Sukkel.'

Tycho zegt niets.

'Hou eens even op, Marloes,' zegt Karim. 'We hebben er niks aan om hier te gaan zitten schelden.' Hij kijkt Tycho aan. 'Hoe kwam je er eigenlijk op?'

Tycho slaat zijn armen om zijn knieën. 'Ik vond een vleermuis in onze fietsenkelder,' begint hij te vertellen. 'Ik dacht dat die beesten heel groot waren, maar dat is helemaal niet zo. Hij had wel hele lange vleugels, maar opgevouwen zag je daar niks van.'

'Spanwijdte, heet dat,' zegt Marloes een beetje nors.

Tycho gaat verder. Hij vertelt dat er een jongen in de flat woont die het heel vet vond en hem twee euro wilde geven in ruil voor die vleermuis. Hij vond het een goeie

deal. Dat beest weg uit het fietsenhok en hij twee euro rijker.

'Ging je zoeken naar meer vleermuizen?' Karim lijkt wel een agent. Hij ondervraagt Tycho heel rustig en geduldig.

Tycho knikt. 'Ik was op zoek naar kikkerdril, een paar dagen later. Toen zag ik een vleermuis. Ze komen insecten eten boven het land van de boer. Als er daar gemaaid is, barst het er van de insecten. Die vleermuizen komen daarop af. En er zitten ook veel insecten boven die sloten. Dus ik volgde het spoor en kwam bij de ruïne terecht.'

Karim knikt. Zo kon Tycho dus zijn handel opzetten.

'Het was te gek,' zegt Tycho mat. 'Iedereen wilde een vleermuis hebben. Jongens uit mijn flat, bij ons pleintje achter, toen van school... Soms waren ze al half dood, maar de euro's stroomden binnen en nou ja... toen... ik ging er iedere dag op uit. Overdag, om ze te vangen, want dan slapen ze meestal. En af en toe nam ik ook een kikker of een muis mee, als ik die te pakken kon krijgen.'

Marloes heeft minder geduld met Tycho. 'En je plakte van die walgelijke stickers op die potjes!'

Het lijkt wel of Tycho krimpt. Nu zijn geheim uitgekomen is, is hij geen stoere bink meer die het liefst ruzie zoekt.

'Die van Mister T? Die zijn van mijn broer Theo. Ik heb ze gepikt. Hij heeft er heel veel en merkte niet eens dat er een paar weg waren.'

'Je hebt een kras op je wang,' zegt Karim. 'Het bloedt een beetje.'

'Ik werd aangevallen door zo'n rotbeest,' zegt Tycho.

73

Hij veegt met de rug van zijn hand over zijn wang. En kijkt naar het dunne streepje rood dat hij op zijn hand krijgt. 'Ze hebben scherpe klauwen.'

Marloes schudt vol verbazing haar hoofd.

'Je weet echt niks van vleermuizen af, hè?' zegt ze. 'Ze vliegen je niet naar je hoofd, hoor. Met die klauwen houden ze zich vast om te kunnen hangen als ze willen slapen. Ik geloof er niks van dat ze je aangevallen hebben, want ze zijn banger voor jou dan jij voor hen. Dus je hoeft niet zo stoer te doen, Tycho Idema. Dat is gewoon een schram van de muur, toen je viel.'

'Nou, ze kunnen anders verrekte hard bijten,' zegt Tycho nukkig. 'Gisteren beet er eentje in mijn vinger.'

Karim en Marloes kijken elkaar even aan. Foute boel.

Karim woelt in zijn natte haren en zegt: 'Daar moet je mee naar de dokter.'

Tycho kijkt van Karim naar Marloes en weer terug. 'Waarom?' vraagt hij.

'Als vleermuizen bijten, kun je hartstikke ziek worden. Hoe heet dat ook alweer... iets met honden...'

'Hondsdolheid?' Tycho weet blijkbaar wél wat Karim bedoelt. Hij schrikt ervan. Er is geen spoortje meer over van de stoere, zelfverzekerde houding die hij altijd op school heeft. Het ligt op Marloes' tong om te zeggen dat het zijn eigen schuld is, had hij maar niet zo stom moeten doen. Maar Tycho kijkt zo benauwd dat ze nu maar eens een keer haar mond houdt.

En zo zitten ze stil bij elkaar in het kleine schuurtje, terwijl de regen op het dak van het hok ratelt, te wachten tot het onweer voorbij is.

'Het wordt minder,' kondigt Karim na een tijdje aan. 'Ik denk dat we wel kunnen gaan. Het onweert in ieder geval niet meer.'

Marloes kruipt uit het hok. 'Het regent nog wel. Maar ja, dat doet er niet meer toe. Nat zijn we toch al.'

Tycho kijkt hen aan. Hij moet terug, zijn fiets ligt nog bij het hek.

Karim stelt voor om mee te lopen. In zijn eentje krijgt Tycho dat hek nooit opgetild. Marloes kijkt naar Tycho, die knikt.

Karim heeft het niet één keer over de lelijke dingen die tegen hem gezegd zijn. Marloes vindt dat ongelooflijk van hem. Het is niet makkelijk om aardig te zijn tegen iemand die je uitgescholden heeft. Maar Karim lijkt daar helemaal niet aan te denken.

Tycho zegt niet veel meer. Stil loopt hij voorop als ze teruggaan naar het hek.

'Gek hè? Nou heeft hij niet zo veel praatjes meer,' zegt Marloes zachtjes tegen Karim.

Die glimlacht. 'Hij is zich te pletter geschrokken.'

'Net goed,' zegt Marloes, maar ze is niet zo meer fel als even daarvoor.

Met z'n tweeën tillen Marloes en Karim het hek op. Tycho kruipt eronder. Hij weet met de nodige moeite zijn fiets los te krijgen, want die had hij met de ketting vastgelegd. Even later staat hij naast ze met zijn fiets aan de hand. De regen is gestopt. Alles glimt van het water, en overal hoor je gedruppel en getik. Dan breekt opeens de zon door.

Marloes voelt zich een beetje vreemd. Net gierde de

spanning nog door haar lijf, nu is het voorbij. Ze heeft zin om heel hard te gaan... ja, wat eigenlijk? Gillen? Of lachen? Springen? Ze kan haast niet stil blijven staan en schuifelt onrustig heen en weer.

Karim heeft zijn handen diep in zijn broekzakken gestoken. Hij geeft haar een opgewekte grijns. Ook hij is opgelucht.

Achter hen klinkt gerommel. Wat is dat? Opnieuw onweer?

Marloes draait zich om. 'Jongens, kijk...'

De laatste overgebleven resten van de muren zakken met een hoop lawaai in en de restanten van de papiermolen zijn nog geen minuut later veranderd in een berg stenen. Er is nu niets meer in te herkennen. Als alle stenen uitgerold zijn en het opspattende water en gruis en stof is gaan liggen, ziet het er vreemd en onaards uit. Heel onaangenaam. Heel gevaarlijk.

'Zóóó...' brengt Marloes uit. 'Nou Tycho, als je dáár onder had gelegen...'

Tycho zegt niks. Hij slikt een keer, duidelijk zichtbaar.

Nog even staan ze te kijken naar de puinhopen van wat een paar uur geleden nog een stuk van een molen was. Nu is het niets meer.

'Waar zouden die vleermuizen nu heen gaan?' vraagt Karim zich hardop af.

Marloes draait zich om en begint in de richting van huis te lopen. 'Ik denk dat ze wel weer een andere plek vinden. Ze kunnen heel ver vliegen, hoor. Ik heb gehoord dat er in Kamperdam een oude klokkentoren is, die afgesloten is wegens instortingsgevaar...'

Karim steekt afwerend zijn handen op. 'Ho, maar. Eén instorting is wel weer genoeg!'

77

Een negen!

Een week later sluit Karim zijn spreekbeurt af met een paar mooie plaatjes van een dwergvleermuis en van een hoefijzerneus. Veelbetekenend voegt hij eraan toe dat sommige kinderen een dwergvleermuis al wel eens van dichtbij hebben gezien. Een paar kinderen moeten stiekem lachen, maar de juf merkt er niets van.

'Dus,' zegt Karim ten slotte, 'vleermuizen zijn niet eng. Ze zijn heel nuttig omdat ze insecten eten en planten en bloemen bestuiven. Als je goed kijkt, zie je ze in de zomer vaak jagen op insecten, zo net tegen de tijd dat de zon ondergaat.'

'In de winter niet?' vraagt Jochem.

'Nee, in de winter houden ze hun winterslaap.'

Als de kinderen vragen mogen stellen, wil Roy weten wat je moet doen als je een vleermuis vindt.

'Ik zou er niet met blote handen aankomen,' antwoordt Karim. 'Doe handschoenen aan of schuif de vleermuis op een stukje karton.'

'En dan?' wil de juf weten. 'Wat moet je er dan mee doen?'

'Als hij gewond is, moet je de dierenambulance bellen.'

En daarmee is Karims spreekbeurt afgelopen. Iedereen begint te klappen.

'Dat was een erg goede spreekbeurt, Karim!' De juf

vindt het wel een negen waard. 'Je hebt je heel goed voor-
bereid en je weet er echt veel van af. Als ik niet beter wist,
zou ik zeggen dat je er zelf eentje hebt gehad!'

Marloes giechelt. Karim glimt van trots.

Dan ziet Marloes Tycho. Hij heeft ook een kleur, maar
vast niet van trots, denkt ze. Misschien is hij wel bang

dat alles uitkomt. Tegen iedereen die hem heeft ge-vraagd of hij nog vleermuizen, kikkers of muizen kon leveren, heeft hij gezegd dat hij daar niet meer aan doet. Op zijn hand zit een pleister. Hij heeft Marloes en Karim verteld dat hij een flinke spuit in zijn arm kreeg om te zorgen dat hij niet ziek zou worden van de vleermuis-beet. Tetanus, noemde de dokter dat. Het deed niet echt pijn, maar zijn arm werd er wel erg stijf van. In het pleis-tertje op zijn hand zit een ontsmettend middel, zodat de plek waar de vleermuis heeft gebeten niet kan ontsteken.

Marloes, Karim en Tycho hebben afgesproken dat ze er met niemand over zullen praten. Zelfs niet met Jochem en Kelly. Het is hun geheim.

'We kunnen nog even werken aan Natuur,' zegt juf als Karim weer op zijn plaats zit. 'Dat past mooi bij Karims spreekbeurt. Sla je boek maar open op bladzijde 24.'

Marloes bladert in het natuurboek en haar ogen glij-den langs de bladzijden. Er staan mooie plaatjes in. Dan ziet ze een stukje over kikkers. Ze stopt meteen en stoot Karim aan.

'Kijk, hier. Is dat niet perfect voor...?'

Ze maakt haar zin niet af maar dat hoeft ook niet. Karim weet al wat ze wil zeggen. Hij steekt zijn hand op.

'Juf?'

'Ja, Karim?'

'Op bladzijde 32 staat een stuk over kikkers.'

'Ja?'

'Ik heb thuis nog een pot kikkerdril staan. Mag ik die meenemen? Dan kunnen we in de klas zien hoe ze groot worden.'

De juf knikt. 'Dat is hartstikke leuk. Neem maar mee, Karim.'

'Wij hebben thuis nog een klein aquarium staan,' zegt Marloes. 'Het wordt toch niet gebruikt. Zal ik dat meenemen? Dan kunnen ze daarin.'

De juf is enthousiast. 'Wat goed! Daar gaan we eens een mooi project van maken!'

Als de juf niet kijkt, komt er een propje van de andere kant van de klas door de lucht gevlogen, dat op Marloes' tafeltje belandt. Het is een krabbeltje van Tycho. Bedankt dat jullie niks gezegd hebben, staat erop. Mister T.

Marloes kijkt naar Tycho en glimlacht naar hem.

In gedachten ziet ze zichzelf weer in de ruïne staan. Het lijkt alweer heel lang geleden en toch is er pas een week voorbijgegaan. Twee weken geleden vond ze vleermuizen eng en griezelig, en Tycho een akelige rotzak. Voor vleermuizen is ze niet bang meer, en Tycho? Ze zullen wel nooit dikke vrienden worden, maar eigenlijk... Eigenlijk is hij best oké.

Het geheim van Els Ruiters

Toen ik jong was, wilde ik altijd lid zijn van een geheime club. Wat je dan moest doen, wist ik niet, en de anderen ook niet, maar dat was ook niet zo belangrijk. Het ging erom dat het GEHEIM was! In de buurt waren er altijd wel geheime clubs. In de boom klimmen en voorbijgangers bespieden hoorde erbij, en ik heb heel wat uren tussen de takken doorgebracht.

Natuurlijk maakten we ook een reglement dat supergeheim was. Het was zelfs zó geheim dat niemand precies wist wat erin stond, maar ja, dat was ook niet zo belangrijk! Als de andere geheime clubs het maar niet wisten! En we bouwden tenten, die natuurlijk ook geheim waren. Dat lukte alleen niet zo goed, want we gebruikten knaloranje lakens en die vielen veel te veel op om geheim te zijn. Maar toch was het fantastisch. We dronken spionnenlimonade en aten detectivekoekjes in onze geheime tent. We deden spelletjes die alleen wij begrepen. En we fantaseerden over wat de andere clubjes uitspookten. Het was in één woord geweldig!

Ik denk er met veel plezier aan terug. In de buurt zie ik nog steeds kinderen spelen en soms hebben ze het over hun geheime club. Stiekem zou ik nog wel eens even willen meeluisteren, of een kijkje willen nemen in hun geheime schuilplaats. Maar ja... dat kan natuurlijk niet. Want dát is nou net hun geheim!

Pssst...

Wie heeft de GEHEIM-schrijfwedstrijd gewonnen?
Hoe heet het nieuwste boek?

Met de GEHEIM-nieuwsmail weet jij alles als eerste.
Meld je aan op

www.geheimvan.nl

Op de website www.geheimvan.nl kun je:
- meedoen met de schrijfwedstrijd
- schrijftips krijgen van Rindert Kromhout
- alles te weten komen over de GEHEIM-boeken
- je opgeven voor de GEHEIM-nieuwsmail